Dit is niet zomaar een boek,
het is een tijdmachien.
Het neemt je mee naar vroeger,
moet je maar eens zien.

Op bladzij 1 en 2 ben ik
een echte ridder.
Ik zit op een wit paard.
Ik draag een helm, een schild
en een heel scherp zwaard.

Op bladzij 3 en 4 help ik
een Duitse meneer.
Samen drukken we de Bijbel,
wel meer dan 100 keer.

Genesis
Genesis
Bijbel

Op 5 en 6 bouwen Leeghwater en ik
molens van meters hoog.
Ze pompen de grote plassen
in Noord-Holland droog.

Op 7 bedenk ik met een brillenmaker
de telescoop.
Sterren en planeten kun je zo goed zien.
Wat zijn het er een hoop!

Op bladzij 9 en 10 vliegen de kogels
mij om de oren, want

ik vecht samen met Michiel de Ruyter
tegen Engeland.

Op 11 en 12 verbeter ik
met Van Leeuwenhoek de microscoop.
Kleine bacteriën lijken nu
ongelofelijk groot.

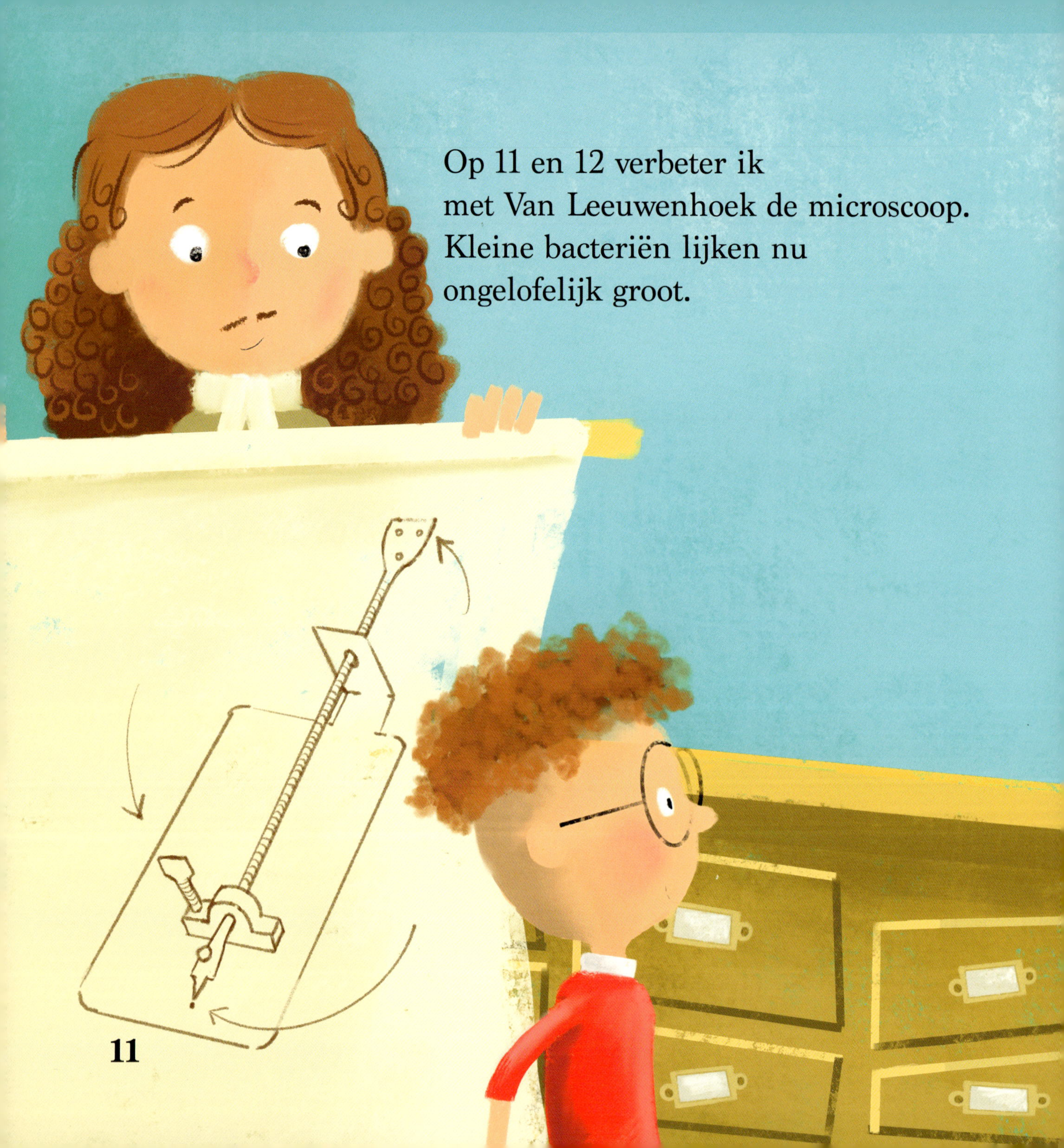

TASMANIË

Op bladzij 13 ben ik
bij Abel Tasman aan boord.
Ik had nog nooit
van deze reiziger gehoord.

Op bladzij 14 komt plotseling
een eiland in zicht.
Abel zet het op de kaart,
zodat iedereen nu weet waar Tasmanië ligt.

Op 15 en 16 ben ik
bij Rembrandt van Rijn op bezoek.
Hij schildert heel knap
een portret op het doek.

En op deze bladzij krijg ik
van het lachen pijn in mijn buik.
Droegen de mensen vroeger echt
zo’n gekke kriebelpruik?

Tjoeke tjoeke tjoek!
Ik zit in een echte stoomtrein.
Van Haarlem naar Amsterdam
ligt de eerste spoorlijn.

Ik sjees naar beneden
op een hoge bi.
Rijden met deze fiets
is echt geen makkie.

De eerste auto
wordt gemaakt en ik ben er bij.
Kijk eens hoe goed
ik al rij!

Oeps, ik merk dat ik de bladzijdes
allang niet meer tel.
Van fiets naar auto –
het gaat ook allemaal zo snel.

Vincent en ik schilderen *De sterrennacht*
met een dik penseel.
Brede strepen kobaltblauw
en prachtig okergeel.

Ik vlieg mee met Neil Armstrong.
Kijk ons samen hier staan.
Superblij, want wij zijn
de eerste mensen op de maan.

Het boek is uit.
Het reizen door de tijd is snel gegaan.
Ik wil nog een keer,
dus begin ik van voren af aan.

Dit boek is speciaal geschreven voor de Kinderboekenweek 2020.
Twaalf dagen lang is het feest in de boekhandel en is er volop aandacht voor het (christelijke) kinderboek. Het thema dit jaar is 'En toen?'.

Wil je meer weten over de Kinderboekenweek? Bezoek dan onze website www.christelijkeboeken.nl/kinderboekenweek of schrijf naar Brancheorganisatie voor het Christelijke Boeken- en Muziekvak, Oranjelaan 29, 3843 AA Harderwijk, info@bcbplein.nl.

Bij het prentenboek *Tijdmachien* is een interactieve, muzikale voorstelling gemaakt door kindertheater *deepdeep*. De hoofdrolspelers maken een reis door de geschiedenis. Ze fantaseren over ridders, schepen, oude schilderijen, stoere helden, ontdekkingsreizigers en uitvinders. Van gewone dingen en oude spullen uit de schuur maken ze hun eigen verhaal. Een plank wordt opeens een schip en een zwabber een mooie pruik uit de middeleeuwen.

Scan voor actuele info over deze, maar ook andere fantasieprikkelende voorstellingen van *deepdeep* de QR-code of surf naar www.deepdeep.nl.

ISBN 9789087820633
TIJDMACHIEN

www.buddybooks.nl

Tekst en illustraties: Michel de Boer